KB215368

사랑,
무게를
조금 덜까요?

# 사랑,
# 무게를
# 조금 덜까요?

**펴 낸 날**   2025년 04월 14일

**지 은 이**   류연우
**그    림**   최찬식
**펴 낸 이**   이기성
**기획편집**   서해주, 이지희, 김정훈
**표지디자인**  서해주
**책임마케팅**  강보현, 이수영
**펴 낸 곳**   도서출판 마못의 집
**출판등록**   제 2023-000005호
**주    소**   강원특별자치도 홍천군 서면 설밀길 84-18
**이 메 일**   bookhom@naver.com

• 책값은 표지 뒷면에 표기되어 있습니다.
  ISBN  979-11-992175-0-8 (03810)

류연우 시집

# 사랑,
# 무게를
# 조금 덜까요?

도서출판

마못의 집

# 사막에서는 길을 묻지 못한다

왜 사막이냐고 물으셨나요?

사막을 통째로 빌려 메밀을 심으려고요
서늘한 메밀꽃 핀 사잇길로
만월을 지고 가는 낙타를 보려고요

하늘색 자전거를 주문했습니다

장미 한 다발과 소금을 싣고
더 깊은 곳으로
낙타와 핑크빛 고래를 만나러 가려고요

사막을 뒤집었습니다

소금사막이 하늘이 되고
파란 하늘이 바닥이 되면
내 그림자가 하늘에 비칠까 해서요

싣고간 빨간 장미는 고래에게 주었고
단봉낙타에겐 소금 한 줌을 주었습니다

내 그림자가 보이냐고, 차마 묻지 못했습니다

어디로, 어디까지 가야 하는지조차 몰라
길도 묻지 못했습니다

메밀꽃 낙타 없이 만월이 떴습니다

시의 마음은
사막의 푸른 밤을 그리고
메밀꽃만 하얗게 피웁니다


   책으로 나올 수 있게 도와주신 '시 모임 하비연'의 모든 분께
감사드립니다.
   아낌없이 작품을 내어준, 친구 최찬식 화백에게도 고맙다는 말
을 전합니다.

홍천에서 류 연 우

# 목 차

## 1부
## 나를 묻다

# 2부
## 살다

# 3부
# 사랑, 무게를 덜다

# 4부
# 사 랑 , 헤 아 리 다

# 5부
# 사 랑 , 이 어 받 다

# 6부
# 그럼에도 부끄럽다

MEMO

1부

나를 묻다

MEMO

# 도로 섬이 되자

섬이 되자

부질없이 잇고 있던 다리를 헐어
도로 섬이 되자

낡은 통통배 하나 흰 깃발 하나
외따로 섬이 되자

파도도 밀물도 모르고 지나치는
뒷섬으로 남자

먼~ 바다로 가자
한잠 꿈 없이 자고 일어나
밀물 기다려 품 넓힌 섬들을 지나

허허로이
머언 바다로 가자

뭉게구름에 아득 수평선에
색 바랜 깃발을 묻고

파도 따라 오르락내리락
밑섬이 되자

훌훌, 어릿섬*이나 되자
_____
* 어릿섬: 있는 듯 없는 듯 떠도는 섬을 뜻함

# 넘어진 후

어둑해지는 진눈깨비 길에서 후득
넘어져 무릎과 팔꿈치가 까졌습니다
넘어질 거라곤 생각조차 안 했기에
더 아팠습니다

씻을 때마다 쓰라려
사방 벽에 욕 참 찰지게 덧덧칠했죠

지날 만큼 지났는데
아직도 물이 닿으면 쓰립니다

다들 잘 다니던데 왜 나만 넘어졌을까?

한번 가봐야겠어요
넘어진 데가 오르막인지 내리막이었는지
지금 내가 가는 이 길과 이어져 있는지
내 무릎 쪼가리라도 남아 있을지

다 아물기 전이어야 해요
까맣게 잊고 있다가 다시 넘어지면
그땐 아마 아프다 할 수조차 없을 거예요

드나드는 저쪽 자리에서
간간이 나를 주시하는 저 이
내 상처가 보이는 걸까
내 얼굴에 아프다가 쓰여있는 걸까요

왁자한 저들의 무릎에는 상처가 없을까요

나가는 척
슬며시 나를 거울에 비춰봅니다

# 거울은 지나온 길만 비춘다

수풀을 헤치며
묫자리를 찾아 헤매는 꿈에서 깨
거울에 나를 비춘다. 정면으로
어색해 고개를 돌리다 말고, 비스듬히

거울 속엔 나의 나는 없고
물음 가득한 눈만 떠 있다

익숙한 독기가 빠진 채
마주 보기보단 피하려고만 하는
비겁함 가득한 두 눈이 나를 주시하고 있다

거울에 갇혀
버티며 살아온 지난 삶 전체가
통째로 부정당하고 있다

결국 여기까지였던가?

눈을 지워버리려
나를 지우려 거울을 벅벅 문지르며
지나온 길이 아닌
가야 할 길을 비추라고 윽박지르다가
들이받아 거울을 깬다

비명을 지르며 떨어져
발 디딜 틈 없이 깔리는 조각들

부릅뜬 눈들이 나를 비웃고
수없이 많은 내가 거울에 갇힌다

사방 어느 한 조각
갈 길을 비추는 거울은 없다

# 도공의 별

1.
하늘을 밀어 올려
바람의 틈을 만드는 색색의 깃발

양장 높여 한껏 치장한 상여를
갓 구운 백자 항아리 같은 사람들이 따르고
요령 소리 날이 서 꽂히는데
상두꾼의 만가(挽歌)는 끊길 듯 끊길 듯

가도 가도 보리밭인데 어디로 가는 걸까?

가마 뒤편 소나무가
긴 행렬을 세필 다듬어 한 폭에 그리고
외길 따라 늘어선 까칠한 보리들이
수굿수굿 배웅한다

불 넣을 때마다
지성을 드린 하늘은 마냥 맑고

저기 지평선
어린 도공의 보리 그스름 연기

2.
보리밭은 망종 뙤약볕에 눌려
서로 가는 숨을 나누며 버티고
낮은 사잇길은 내내 의식을 잃었다

빈 가마를 돌아보고 가는 바람 이따끔

지쳐있던 보리들이
노을을 댕겨 몸 추스르고
선득한 바람에 소나무가 깨난다

아침에 가신 이는 평안하실까?

지평을 넘는 노을이
길과 보리밭을 멍석 말 듯 말아 데려가고

다시 첫 하늘엔
여문 보리알이 흩뿌려진 유월 모일

저기, 새별
도공의 눈빛 닮은

# 삼거리다방에서

기울어진 채로 살아남은 골목 안
'삼거리다방'에서
삐쩍 마른 기와집 사랑채 앞에 놓여있는
빈 의자들을 바라본다

털고 난 깻단 같던 빡빡머리 홀아비들은
다들 어디로 갔을까

목례보다 느리게 와 닿는
3천 원짜리 눈길을 마주하지 않으려
늘 안쪽 자리에 앉았었는데

오늘은 창가 자리에 앉아
바리캉에 잘려나간 어눌한 기억들과
짧은 머리카락만큼 남아 있을 외살이를 읽다
커피가 식었다

봄이 오면
저 여섯 자리가 다 다시 채워질까?

끝자리를 차지한 내가 나를 돌아본다

구부정한 대문 기둥에 매달린
매미 허물 같은 문패의 주소를 적어둬야 한다
내 번지가 될지도 모를

막 골목으로 들어선 새파란 겨울이
하얀 머그잔에 삐뚤삐뚤 쓰인
나의 허름한 이력을 훑고 있다

# 채워지지 않는 자리와 비

삐뚝한 담 넘어 등마루 삭은 지붕
우산보다 낮아진 지 오래고

쌓인 고집을 떠받치다 지친 안채는
그만 주저앉고 싶은데

제 빛 잃고 엎혀사는 푸석 기왓장들만
긴 병치레에서 돌아온 잔기침과
때아닌 사나흘 봄비에 깨어나
걱정스레 안채를 살핀다

하루가 한 달 같아
보행기 앞세우고 나온 집주인은
처마 밑 여섯 자리를 애써 모두 훔치고
한참 안 동네를 끌어당기다가
서운함을 던져놓고 돌아선다

며칠째

비 그치면 전해질 소식
안 듣느니만 못할 텐데…

골목 입구를 막아선 빗줄기들
여전히 오락가락 분분하고

어귀 목련꽃
앞뒤 없이 툭, 툭 진다

# 삼거리다방에서 II

나이 마흔둘에야
모른다는 걸 알았습니다

더 알려 하지 않자
화가 책상 밑으로 기어들어 가고
더 이상 쓸모없음을 쉰을 넘기며 알았습니다

오늘은 '삼거리다방'에서
모르는 이의 다른 얘기를
한장 한장 건너뛰지 않고 읽고 있습니다

잘 덖은 원두의 향이 의외입니다

내가 살아오며 건너뛴 이들에게도
그들만의 얘기와 향기가 있었겠구나

나로 인해 떠난 사람들을
한 명 한 명 불러 잘 있는지 물었습니다

지나친 사람은 없을까 되짚다가, 문득
내 이야기에도 향기가 있을까?

오다 마주친 고양이가
한 번 갸우뚱 후, 고개를 돌리고

골목 안쪽으로 사라지는 고양이 꼬리에
내가 매달려갑니다

# 나비는 직선으로 날지 않는다

도대체, 삶은 몇 과목일까?

열, 스물, 서른
얄팍한 이 한 권에
이렇게 많은 과목과 부록이 있을 줄이야

그리고 시시때때로 시험을 치르며
시간 안에 답을, 그도 정해진 답 아니면
낙제라고 하는 이유는 왜일까?

이 책 저 책 보느라 조금 느리게
한두 과목쯤 다른 책에서 본 답을 적는 게
왜 안 되는 걸까

그것도 괜찮기는 한데 하는 선생이 있어야
다시 주어진 책을 펼칠 수 있을 텐데

한참을 알른알른 어울리는 나비를 쫓는다

나이를 더할수록 과목도 따라 늘다
어느 때가 되면 확 줄어든다고 하던데
그때가 언제일까?

그 무렵이면, 내 뜻대로 살아도 되는 걸까?

비 내리면
책 접고 사나흘 비만 바라보고
꽃이 피면
꽃의 걸음에 맞춰 산으로 들로 휘휘 가며
벚꽃잎을 나비, 나비를 벚꽃잎이라 바꿔 불러보고

꽃 보내고 돌아와
비 내리면 방문 열어두고 자고 깨고, 깨고 자고
눈 내리면 불 밝히고 밤새 쌓이는 눈 바라보고
바람이 책 읽듯이 맘에 드는 장만 펼쳐 읽고
꼭 봐야 하는 사람만 만나고

마음 가는 대로 그렇게
그때가 되면 그래도 되는 걸까?

벚꽃아! 저~기 나비들 난다

# 나의 바다는 고요합니다

강은 바다로 갑니다
비도, 나도 따라서 바다로 갑니다

강은 바다 밑으로 들어가고
비는 바다 위에 장막을 치고

나는 강이 숨어드는 바닷가에 앉아
전기영화 두 편을 봅니다
보여지는 나와 보여주지 않은 나를 기록한

동시상영은 늘 그렇듯 지루합니다

바다가 벌떡 일어나 두르륵 장막을 말고
몸보다 입이 큰, 무엇 하나 제대로 물지 못했고 물지 못할
이빨 썩은 물고기 한 마리를 끌고 들어갑니다

내가 앉았던 자리까지 쓸고 간 바다는
어제처럼 고요합니다

내일은 다를 거라고
목소리 높여 주장할 사람들도 있겠지만
바다는 그냥 고요하고, 고요할 겁니다

아니라고 나를 끌어내지는 말아요

나의 바다는 하늘과 맞닿아 있고
변화무쌍해도 속은 변하지 않습니다

깊고 고요합니다

# 시집 한 권으로 가을이 갔다

흐린 날
늙은 거리 좌판에서
시집 한 권을 샀다

보고
　두고
　　보고

숨 내쉬고
귀퉁이 접어 두고

다시 펼쳐
시 한 편, 한 구절을
하루 내내 되새기며 방을 서성이고

그렇게
검색되지 않는 시인의 시집으로
가을이 생각 없이 가고

한밤 온도 떨어지듯
모두 내게서 멀어졌다

# 꽃

천억 개의 별 중에 이 별에 와
이 별, 천억 개의 들 중에 이 들에 와

풀숲 어디에서 향기로
들풀 사이에서 언뜻 고개 들어
이 별 이 들에 자리했음을 알리고

지나가는 나를 돌려세워
전에 살았던 별에 대해 가만가만

먼저 진 꽃들이 남기고 간 얘기를
여기가 얼마나 좋은지를
조곤조곤

너를 만나
나도 꽃이 되어
사흘, 나흘, 한 달, 두 달…

너를 만나며
생명의 기원이 이 별이 아님을
태초의 나는
지금의 내가 아니었음을 어렴풋이 알게 되고

내가 언제 이 별을 떠나게 되는지를
어느 별에 가던, 난 끝내 꽃이 될 수 없음을
어렴풋이

# 노랑부리저어새

허어– 참
허어– 참
TV를 보다, 자꾸 감탄과 헛웃음이 난다

노랑부리저어새
누가 이름을 지었을까? 조금의 틀림없이

별거 아닌 것처럼 슬며시 내놓았겠지만
부르는 이의 혀와 입의 놀림과 표정
듣는 이의 느낌까지 배려한 이, 누구였을까

맹자 왈 공자 왈이 아닌 건
그들이라면, 황취로, 황노조, 노황조 등을 놓고
긴 논쟁 후 가장 어려운 이름으로 정했을 테니

습지와 갯벌을 나눠 쓰는 어부였을까
무심한 듯해도 늘 가까이한 농부였을까

노, 랑, 부, 리, 저, 어, 새
한 자 한 자 부를수록 기분이 좋다

나는 왜 그게 안 될까?
주변을 살피고 돌아보는 걸 잊어서일까
깝치며, 황취로 황노조를
좀 아는 척 노황조를 쓰고 있는 건 아닐까?

노랑부리저어새
노. 랑. 부. 리. 저. 어. 새

허—어
칠 음절의 새 이름보다 못한 시
쓰일 데 없는 나의 시여

# 저무는 강에서 얼굴을 씻다

이제야
돌아와 얼굴을 씻는구나

강물에 가면을 불려
한 겹, 한 겹씩 벗겨 흘려보낸다

욕심 한 겹
분노 한 겹
거짓 웃음 한 겹
.
.
.

삶은 닥나무 백피 풀리듯
나의 얼굴들이 저무는 강에 풀려 가라앉고

저만치 흘러가던 어제 본 얼굴이
마지막으로 강에 잠긴다

하늘아! 문을 닫아라
잘 가라! 나의 페르소나여

이제는 밤마실 가듯이
눈을 열고 마을 안길을 갈 수 있으리라

물 구경 나온 아이처럼
강가냑<sup>*</sup>에 쪼그리고 앉아
달이 떠내려오길 기다린다

---

* 강가냑: 강가의 강원도 방언

# 홍천강 그 카페

투박과 소박으로
밥과 찬을 돋보이게 하던 백자 대신
화려한 문양의 이국 도자기들이
낡은 벽 선반을 채우고

짝을 맞춘 듯 안 맞춘 듯
어색을 이색으로 꾸민 쇼파들
강가 외따로 집에
지친 성수동이 와 짐을 풀었다

빈집을 지키던 진중한 대들보가
멋쩍은 웃음으로 지난 일들을 설명하고
총총 서까래 시켜 자리를 권한다

누구의 집이었을까
몇 대까지 살았을까

벽을 헐어 넓힌 창밖의 백년 소나무들이
묵묵히 가문의 예로 손님을 맞는다

가파른 산굽이 강과 길을 잘라
노을조차 찾지 못하는 자리 여기저기
늘 보름인 달이 때맞춰 깔리는데

낯선 그림 문패 때문일까
아이는 집을 찾아오지 못하고
여울 물소리 마당을 서성인다

# 살아내기

익숙한 아픔이 있습니다

아픔이 익숙하다는 건
그만큼 아파하며 살았다는 거겠죠

낯선 아픔은 섬찟 옵니다

당황스럽고 혼란하고
덜컥, 가슴을 떨구기도 합니다

아직 덜 살았나 봅니다

모든 아픔이 익숙해지는 날은
그래요. 오지 않을 테지요

익숙한 아픔도 싫지만
낯선 아픔은 끔찍합니다

아플 때 잠깐잠깐 모시는 분들 말고
스스로 다스리고 갈무리하려면
얼마나 더 살아야 할까요

더 살아도 괜찮기는 한 건가요

이런, 너무 멀리 갔나 봅니다
할머니에게 업혀 가는 익숙한 아이가
돌아보며, 씨익 웃어줍니다

2부

살 다

# 내 머릿속에 사는 새

내 머릿속엔
새 한 마리가 살지

뒤편 끄트머리 움푹한 곳에
막 눈을 뜬 새 한 마리가 살고 있어

날개가 다 자라진 않았지만
사월, 바이칼 호의 북서풍이 몰아치면
한 번 날갯짓으로 까마득히 날아올라
바람을 타고, 바람 머무는 곳까지 날아갈
깃 붉은 새가 퍼덕이고 있어

고사목 꼭대기에서
산맥 너머의 끝없는 바다를 바라보고
왕버들 가지에 앉아
늪의 전설에 귀 기울이고
날개를 활짝 펴고
달을 향해 날아오르는 꿈을 꾸며
내 뇌를 받아먹고 사는
눈 푸른 새가 꿈을 키우고 있어

[B.D]* 언제 끝날지 모르는.

너흰 지나치며 수군거리지만
내 날개엔 조금씩 힘이 붙고 있어

곧, 날아오를 거야
난, 가장 높이 나는 새가 될 거야

내 머릿속엔
깃 붉고 눈 푸른 새 한 마리가 살고 있지

<hr>

* B.D :(영) Brain Death (뇌사 상태)

# 분열

몸은 방바닥 아래로 가라앉는데
모내기를 마친 논과 화사한 봄빛, 뭐지?
불러도 대답하는 이 없다. 여긴 어디지?

논이 쑤욱 일어서고 초록색 신호등의 점멸
서둘러 길을 건너야 하는데
불쑥, 내 방이다

베개를 낮추고 덜 아픈 쪽 어깨로 몸을 지탱하며
그냥 자자. 눈을 감으면 까마귀가 떼 지어 날고
신음하던 몸이 다시 까무룩

논물이 바람에 살랑이다 나를 향해 몰려오고
순식간에 신호등이 붉은색으로 바뀐다. 오 제발

몸 따로 머리 따로 꿈도 꿈이 아닌 것도 아닌
퍼덕이는 다리의 반을 뜯어 이불 밖으로 던지고
이 분열이 오늘로 끝나기를 간절히, 라고 쓰다
무의식적으로 띄어쓰기를 하고 있었음을
분열의 원인이 띄어쓰기 때문 아닐까?

주룩삭제하고띄어쓰기없이써내려가며
여전히문법을따지는자들을싸잡아비웃고
지금은없어진중학교때국어선생님을모시려다
다시깜빡정신머리가바닥아래로떨어진다

방고래 밑에 숨어있던 고양이가
눈이 감겨있는 머리에 놀라 도망친다
빈틈없는 달음질로 잘도 도망간다

달린다달린다달린다
눈이튀어나가쫓아간다

눈 없는 머리가 낄낄거리는 소리에
분리되었던 몸과 머리 사이에 목이 놓이고
뜯어버렸던 다리가 후다닥 알아서 달라붙는다

휴~ 아침이다
다행스럽게 꼬박꼬박 아침은 온다

모든 걸 도망친 고양이 탓으로 돌리고
잠시 뒤부터는 정상인 척할 수 있다

한 번 더 목을 더듬어 확인한다

# 무 렵

해 질 무렵
무렵만 떨어져 나와 '툭' 채입니다

걸음을 멈추고
아키시꽃 향기 눈으로 볼,
장맛비 바삐 왔다 갈, 단풍 한창일,
눈 쌓인 들이 사뿐 언덕을 오를…

아무 때나 무렵을 이어 붙이며
생각나는 이 무렵 저 무렵을 들추다가
가슴 뿌듯한 때를 만납니다

내게도 한때가 있었답니다

모처럼 찾아온 착한 나를 남기려
손때 묻은 가방을 뒤적일 때

집집이 하나둘 불을 밝히고
저녁이 먼저 산을 넘고 있습니다

오늘을 어떤 무렵이라고 할까?

'참, 좋은'까지 쓰다
내가 아는 모두가 다 그럴까?
그들도 나와 생각이 같을까?
새삼 낯선 가로등 빛이 그림자를 키웁니다

올려다보니
아직 불을 밝히지 않은 집이 꽤 많습니다

'좋은'보다 '아픈'이 많은 때입니다

# 행간을 잃어버린 세상

눈 내리는 저녁
함께 늙은 독서등 하나 밝혀두고
여여히 침묵 속으로 걸어 들어가
그의 세상이 사라졌다.

부당과 불편, 쓸데없는 명성이
지우개로 지운 듯 지워졌다

이제 그는 없다.

노을 늘려 물고 집으로 돌아가던 동네 까치 떼가
잠깐 들러서 쓰다 만 원고에 마구 발자국을 찍고 돌아가고
참새, 직박구리 떼 지어 발자국을 남기고
하다못해 되새도 왔다 가고

드나드는 것들 모두 거리낌이 없다.

견고했던 창이 뜯겨나간 날
두 행을 지우고 빠트린 마침표를 찍으려
도포 자락 휘날리며 눈길 밟아 돌아온 시인이
무수히 찍힌 발자국을 바라보다가
크게 한번 웃고 등을 끈다

잉크병 바닥에 남아있던
푸른색 어둠이 기화되어 번지고

옷깃 펄럭이는 소리
어둠 한 장이 넘어간다

# 지는 꽃 피는 꽃

눈꽃 스미면
받아 봄꽃 피고

장맛비 지나면
거친 들풀 사이사이 가을꽃 피고

모르는 새, 아~ 봄꽃 지고
덤비는 바람에, 하~ 가을꽃 지고
.
.
.

짧은 봄, 서두는 가을, 긴 탄식에도
지는 꽃 피는 꽃 모두 그러려니 했다.

모두, 의연했다 아름다웠다

# 돌아오지 못하는 옛 봄을 줍다

봄이라고 해서
낮아진 뒷길을 걸어도 정녕 봄일까 해서
기운 담에 색 덧칠하는 개나리 따라 걷다
파란색이었을 녹슨 대문을 밀어
숨어있던 비명이 뛰쳐나가고

집터,
오도 가도 못하는 햇빛이 모인

대문 열리는 소리에
무명 두루마기가 빨랫줄에서 잠깐 펄럭이고

어린 딸들의 꽃밭에선
피고 지다 스러져 묻혀 있던 사연들이
돌아오지 못하는 가족사가 봄풀처럼 돋는다

우물터에서 화석이 된 붉은 눈물과
장독대 자리에 묻혀 있던 옛 봄 몇몇 주워
뒷걸음으로 돌아 나와서도
발목을 감던 웃자란 쓸쓸함에 멈춰 돌아보았다

멈춰, 우두커니

깃발을 치켜든 눈 매서운 바람이
떼를 지어 몰려가 집터 담을 넘고

등 뒤에서는
여전히 주인 잃은 그깟 한 줌 봄이
하염없이 지고

---

* 남양주 가곡의 이석영 선생을 그리다.

# 고독을 바라보다

늘어지는 가로무늬 빛 사이
푸른 담배 연기를 손끝에 걸고
백선 쥘부채 접듯 생각을 접는다

푹 젖은 수건처럼 쓸모없게 된 머리를
한몸이 된 의자 등받이에 얹어
미련을 지워버린다

못 자국에 박힌 시선
시간을 지우는 초침 소리

부질없던 하루가
노을로 와 창에 멎었다
나를 살피고
느릿
느릿
뒷짐 지고 돌아간다
.
.
.

난, 바라본다

# 스물네 음표, 트럼펫 (TAPS)

절대 수직의 끝을 꿈꾸는 도시
달 없는 밤이 더 거만한 도시의
한 칸 낮은 뒷골목을 흐르는 고별의 인사
(여섯 개 음표로)

찌든 폐혈관을 속속이 돌아 나온
하루 치 눈물로 피우는 안개
(아홉 개 음표로)

잠마저 저당 잡힌 이들에게 보내는
늙은 관악대원의 마지막 안부
(여섯 개 음표로)

동대문 밖으로 나가는 밤안개의
뒤꿈치가 끌리는 발소리
(세 개 음표로)

길고양이 한 마리가
느릿느릿 길을 건넌다

# 흔적화석

어느 생명체의 비명일까?
단발마가 고인 커다란 발자국

무게를 이기고 날아오르기 위해
보폭을 달리한 발자국들

1억 년 뒤 같은 기로 분류돼
통칭으로 불릴 줄 알았을까

첨단으로 치닫는 지금은 뭐라 불릴까?
함부로 신의 영역을 넘어 어디까지 갈까?
지나침에서 살아남는 것들이 있을까?

흔적화석을 남긴 생명체를 향한 질문과
오늘 이후를 향한 의문

이끼 밑 류가 다른 발자국
절벽을 향해 간 직립의 흔적을 따라 걷다
문득, 보폭과 걸음걸이가
지금의 나와 다르지 않음을

뒤따라오는 발소리에 섬뜩 돌아보니
지나온 내 발자국들은 모두 사라졌고
앞뒤 까마득한 절벽에 서 있다.

누구일까, 누가 날 여기로 불렀을까?

나는 왜,
어느 천년을 기다려
여기에 발 붙이고 서 있는 것일까?

바위엔 이끼만 푸른데

# 월정사 팔각구층석탑

1.
머리에 바위를 얹고 도는
간절한 중생의 발소리 모아
하늘에 올릴 푸른 별을 빚고

지나가는 바람을 불러
임의 말씀 팔방으로 전하고

철주 곧추세워
답답해하는 먹구름의 혈을 따
윤회의 길 열어주고

보은코자 찾아온 비 맞이하여
층층 일흔둘 부처의 미소

불이로 잠 못 드는
젊은 중을 불러낸다


2.
범물이 잠든 새벽
장삼 개어 기단에 올려놓고
말씀 전하려 나서는 걸음 느린 두 스님을
일주문 밖까지 따라가 배웅하고

서른여섯 바퀴씩 세 번 경내를 돌아
물러질 도량의 바닥을 다진다

# 칼 새

하루의 팔 할을 뒤처리와 땜질로 보내고
잠의 반을 얼굴 없는 이에게 쫓기다 깨
화장실 거울에 비친
나를 쫓던 그 얼굴을 섬뜩 만난다

누구지?
얼굴을 밀어 올려봐도 난 아니고
얼굴 주인을 찾으려 뒤돌아봐도 없다
아무도 없다

거울에 마구 물을 끼얹어 지운 뒤
씻고, 또 씻어도 그 얼굴이다

10년?
그 이상 만난 기억이 없는 저 이

저 이와 난, 왜 허공을 밟으며 떠돈 걸까?
얼마나 오래 해를 향해 떠 있었던 걸까?
날개가 꺾이기 전 내려앉을 데가 생길까?

물음마다 고개를 들어
거울에 물을 끼얹는다

기척도 없이 칼새 한 마리가 날아들고

망망 바다와 하늘을 잇던 새가
얼핏 나의 얼굴로 나를 돌아본 뒤
가마득히 멀어진다

# 밥을 태웠다

때가 되면 먹어야 한다는 게
서글퍼지는 날이 있습니다

쌀을 씻으며, 슬슬
신김치를 넣어 국을 끓이며, 점점

시간마저 흐린
오늘이 그렇습니다

탄 내에 화들짝
손이 머리보다 먼저 움직였습니다

그게 더 서글픕니다

마무리해야 할 것들을 섞어 말아
질리게 되새김질하고
비운만큼 채워지는 먹먹함에
서둘러 설거지를 합니다

아무것도 괴지 못하게
바닥이 뚫어지도록 벅벅 문지르며
안 되는 부탁을 손으로 읍니다

늘 외던 주문 괜찮을 거야 대신
조금만, 조금만 더, 아주 조금만 더

설거지를 마친 그릇에
아내와 아이들의 눈물이 맺혀 있습니다

마를 때까지 바라볼 수밖에 없는
꼼짝 못 하게 서글픈 날입니다

# 맹추의 교차로

내게 이 도시의 삶이란
초록 신호와 빨간 신호가
일 분 사십 초 간격으로 바뀌는
혼잡한 교차로에 서 있는 것과 같소

바라는 저쪽으로 건너지 못하고
설명도 없이 반복되는 희망과 절망에
지쳐 제풀에 주저앉아 버린
아마 난 맹추일 거요

왜 내게만 자꾸 빨간불이 길어지는 것이오
머뭇머뭇 건널목에 발조차 들이지 못하게

드디어 졌소

스스로 지기로 했단 말이오
교차로에서 멀리 떨어져 그냥 바라보려 하오

교차와 분 초가 아무 의미가 없는
열외자가 되기로 했단 말이오. 원래 나 말이오

선택하지 않고 악쓰지 않고 살려 하오
맹추는 그래야 한다고 하더이다

어차피 도시는 막혀 있고, 막고 있고
메아리조차 돌려주지 않고 있지 않소

그냥 뒤 쳐져 사는 거요 뭐 별거 있소
내가 진 거로 하고 그만 마무리합시다

여전히 교차로 신호등은 빨간불이오

# 줄

내 등엔 줄이 하나 있소
줄의 성은 '안' 이름은 '된다'라고 하오
배꼽에서 떼다 붙였다는 설과
스스로 끌어다 맸다는 설이 있소
나는 그저 배낭 하나 메고 훌훌 떠나려는데
이놈의 줄이 매일, 안 된다. 안 된다. 하오
자꾸 뒤에서 당기는 통에 한 걸음도 못 떼었소

길을 가다 보면 나 말고도 줄을 단 사람들이 참 많소
가슴에 달린 이, 허리에 감은 이, 엉덩이에 달린 자도 있소
다들 이 땅에서 살기엔 힘든 자이외다
가끔 줄이 머리에 달린 자들이 있는데
그들은 땅도 안 밟고 살고
하고 싶은 일은 다 하고 산다 하오

그래서 이 나라를 '줄나라'라 한다오

줄나라줄나라줄나라줄나라…
오죽하면 하느님, 부처님도 줄이고 빽인 나라라고 하겠소

줄도 지겹고 안 된다는 것도 지겹고
이러고 사느니 다른 나라에 가서 살아볼까 해서
이 대륙 저 대륙, 이 나라 저 나라 헤매다가
그리스로 정했소

당장 이름부터 '조르바'로 바꾸기로 작정을 했소
'조르바 류' 괜찮지 않소?

이런 제길!
이름을 바꾸려고 하니
마음대로 바꿀 수 있는 게 아니고
허락을 받아야 한다 하오
나라는 같잖은데 법은 있다고 하오
해서, 법을 만지작거리는 법원이라는 데를 가야 하고
절차도 꽤 복잡하다고 하오

누구에게 부탁하지?

당신, 혹시 줄 닿을만한
어디 아는 데 좀 없소?

# 당신은 아시나요

이러고 있는 게 언제부터냐고요

일상이 된 죽음.
꽃이 피고 까닭 없이 한꺼번에 지고
곰팡이 핀 얼굴로 누워 있는 사람들과 끼어 있는 나
거기까지는 기억이 나요

누에고치 실 뽑히듯 모공을 통해
기억이 줄줄이 빠져나가고
속없는 조롱박처럼 이리 차이고 저리 차여도 그저 그만
머리에 바람이 들면 드나 보다
가면 나가나 보다 하며 지냈죠

그새 산이 높아졌다고요? 그렇군요

아픈 깜냥이가 발밑에서 잠들었네요
–얘는 마음을 어디에 둘까?

하얀 고양이가 깜냥이 등에 슬쩍 발을 얹어 위로합니다
–이런 건가?

까치와 까마귀가 높은 자리를 다투며
뻔질나게 드나들어도
싱거운 미루나무는 먼 산만 바라보고 있어요
–저랬어야 했나?

전해 줄 여름꽃이 남아 있다고요? 그랬군요

잿빛 구름 사이, 저기
화장실 창문만 한 파란 하늘이 있는 건
창을 열고 누군가 말을 건넬 것 같았던 건 그래서였군요
모두 다 날 떠난 줄 알았어요

창이 열리고 선선한 바람이 내려옵니다. 당신이죠?
가을도 있다고 말씀하시는 거죠?
그들처럼 그렇게 살라고요

그럼, 가을에 피는 꽃은 무궁할까요?

# 경칩이래요

날 상큼한 오늘이 경칩이래요

개구리는 아직 이고요
어젯밤 비에 보리싹만 씩씩합니다

말간 하늘 길어 얼굴 씻는데
하얀 반달이 가만히 지켜보고 있어요

'왜서* 안 갔니?'
오리와 쇠기러기 길잡이 해
같이 산 넘으려고 기다린다고 하네요

말끔 화장 차분하고요
보기도 가뿟해 먼 길 가기 참 좋겠어요

얼어있던 땅 푸슬푸슬 부풀고
겨울바람은 제 갈 길 찾아 멀리 떠났고요

휘파람 멀리까지 가고 콧노래가 절로
봄이래요

'봄이네요'

곧, 모두 모두 활짝 필 거래요
경칩이래요

———————

* 왜서: 홍천 출신 어머니께서 쓰시던 '왜'의 사투리

# 마 음

마음을 내려놓고
생각을 접었다

밀어내 닫고 당겨서 열고
다 쓸데없는 짓이었다

마음이란
내가 여닫을 수 있는 게 아니었다

수억 년, 수십억 번의
분열과 합일 다듬질을 거쳐
찰나의 생명에 붙은 마음을
어찌 생각으로 다스리려고 했나

더 일찍이 생각과 마음을 분리해
생각은 펼치고 접어도
마음은 오가는 대로 두었어도 되는 것을

한없이 어리석었다

생각을 접자
마음이 마음껏
푸른 하늘을 맨발로 거닐고 있다

MEMO

3부

사랑, 무게를 덜다

MEMO

# 봄 여름 가을 겨울 그리고 당신

당신은 봄이어요
날 깨워 설레게 하지요

당신은 여름이어요
날 달아오르게 하고요

당신은 가을이어요
수많은 의문으로 날 성숙시키지요

그리고 겨울이어요
이유 없이 멀리해 고독하게 합니다 그려

당신은 하루에도 사계절을 만들고
난 당신으로 인해 춘. 하. 추. 동 사계절을
하루에 다 살더이다 그려

당신 뜻대로 하셔요
나의 뜻대로 오갈 계절이 있기나 합니까

당신 뜻대로 하셔요
천년만년 사계절을 하루처럼 살면 되지요

당신은 봄, 여름이고
겨울이고 가을이더이다 그려

# 연시와 새앙쥐 마누라

늦잠에 혼자 놀라
햇빛 치우고 일어나면

같이 밤샌 커피잔 아직 한밤중이고
잠든 모니터로 더 너저분한 책상 귀퉁이에
엊저녁 뽑아준 새치 한 올
살금살금 다가가 입바람으로 간질이니

- 하지 마요 -
새앙쥐 마누라 살짝 삐친다

햇빛 걷으려 발코니로 가니
소쿠리에 담겼던 대봉감 한 알이 쏙 빠졌다

아침엔 고양이 밥만큼도 넘기기 힘들어
밥 대신 빼 먹고 남은 열대여섯 연시들이
나란히 앉아 수군수군 내 흉보다
모른 척 입 다문다

혼자 싱크대 앞에 서서
오물오물 먹었을 모습을 상상하니
예쁘고, 짠하고

- 뭐가 그래 -
새앙쥐 마누라 샐쭉, 웃을 듯 말 듯

해바라기 하던 연시들이 서로 눈치를 보며
날 비웃을 듯 말 듯

# 막걸리로 건진 웃음

클났다
막걸리 한 잔마다
친족이 된 아내가 3년씩 젊어진다
석 잔째다

클났다
상 다 치웠는데 딱 한 잔이 빈다

'마누라, 마누라
반 잔만 더 주시게
잔의 반을 비가 와서 마셔버렸네'

브라보
시인인 척 흉내를 내
모처럼 웃음을 건졌다

크~ 실소도 웃음이다
덤덤 늦가을엔

# 노 브랜드

빈 입 벌리고 약 올리는
달걀 매대에 심술이 난 그녀가
못난이 사과, 감숙 바나나, 쌈채를 들쑤신 후
원양 갈치, 노르웨이 고등어를 잔뜩 째려봐
물 건너와 주눅 든 애들 기 더 죽이고
머리 없는 암탉에게 울지 않는다 핀잔주고
'세일 중'인 애호박과 식빵을 집어 건넵니다

그녀의 뒷모습은 여전히 예쁩니다
엉덩이가 예쁘다고 말한 적이 있었나?

나는 왜 따라다닐까?
큰 수박 들었다 33,900원 무거워 놓고
포도, 귤, 철 앞서 제철인 과일은 더군다나

나는 그저 건네주는 걸 카트에 담고
다 골랐어? 다 샀어?

그녀의 시선이
아들이 좋아하는 백 원 뺀 만 원짜리
대패삼겹살 쪽으로 향합니다.

얼른 장바구니를 챙겨 들고 앞장서며
아내에게 내 브랜드는 뭐였을까?

한참 핑곗거리를 찾는 중인데
주차장에 고여있던 빗물이 펄쩍 튀어
바지를 흠뻑 적십니다

정신 차려! 이놈아

# 하늘색 꽃팔찌

만든 슬픔도
따질 우울함도 아닌
가슴을 손으로 누르면
주룩 물이 흘러나올 정도의
아린 느낌으로 젖어있는 마음과
밖으로 내뱉을 수 없는 탁한 숨이
응어리져 울대에 걸려있는 듯 그런
하여, 마주하지 않는 한숨으로 털고
각자의 어둠으로 가 오늘을 닫는다

그댄 은도금 팔찌를 진짜 은팔찌로
난 쇼윈도의 생일 케이크와 그대 웃음을
꿈에서나마 만날 수 있기를 간절히 빈다

지독한 황사로 하늘이 사라져버린 그런 봄날로
같이 묻혀버린 채 지나간 그대 생일 다음 날에
지하철 2호선 선물 가게를 지나치다
갑자기 떠올라 팔찌 한 쌍을 사고
생일 케이크는 바라만 보다 돌아섰다.

내려가다 멈추고 돌아가다 멈추며
주머니의 지갑을 거듭 더듬거렸고

어제를 떠올린 그대의 한숨으로
점점 뿌예지는 우리의 집

파동으로 전해지는 울음
너무 가여운 그대여

# 봄, 거기

잠깐 잠 / 사각
사이로, 사각 / 사각
누구지?

잘 벼린 날로 / 반짝
늙은 호박을 깎는 무뎌진 아내, 사각 / 사각

혼자 놀던 T.V 끄자
도마 소리도 뚝.

'누가 가곡을 다 부르네, 앞산인가'

거실서 겨울나
똑똑해진 치자 이파리, 반짝 / 반짝

못 들은 척
신문 훑는 햇빛 불러 / 쉿
함께 귀 기울일 때

봄이 살포시
웃을 듯 말 듯, 거기

늘 그랬듯이
같이 바라보는 마음, 거기

가만히

# 사월 대성리

낚싯바늘에 수요일을 끼워
흐린 개울에 던져놓고
야윈 어깨를 다독인다

드리 없는 어린 바람이
건너 갈대밭을 헤집고
성근 집에서 밤샌 산비둘기
꾸~ 꾸~ 홀로 앞산을 채우는
아직 이른 봄인데

웃자란 해쑥이 속상한 아내는
못내 쑥버무리가 아쉽다

'내년에 해 먹세'
헛된 말로 달래는 사월 초 대성리

처음 열린 하늘 홀로 맑고

모래에 '내년'을 새기던 아내가
슬며시 하늘을 우러본다

# 같이, 따로 사는

집 나갔던 참새가
아침 햇살처럼 돌아왔다.

행여 내가 깰까
날갯짓 없이 입 꼭 다물고

가벼운 발놀림
요리조리 살피며 아침 식사를 마치고
슬쩍 사라져
옷을 갈아입고 나와 갸우뚱거리다가
생뚱맞은 눈으로 나를 내려본다

못 본 척해야 좀 더 머문다

잠깐 돌아보고, 포록
다시 돌아올 약속 같은 건 없다

셀로판지처럼 빈 하늘
까마귀가 검은 선을 긋고 지나간다.

꿈은 어디까지였는지

우두커니
그녀의 방을 들여다본다

덥덥한 아침
아내의 부재로 집이 식었다

# 비 오는 날의 산책

눈총받는 우산을 위해
찡긋 여우비

서로 어깨를 내주려
비 간보다, 피식

아닌 척,
슬쩍 우산 기울여
피식, 피식

나흘 고인
앙금을 흘려보내는
화도 천변길

큰 호박꽃 빙긋
고개 숙여 못 본 척

건너편 칠월 송아지 등엔
비 맞고 온 비단 햇빛, 두 폭

# 사랑, 무게를 덜까요?

뭐라고 말해야 할까요

우리 나이엔 다들 그런다고
꼭 함께할 필요는 없다고

눈밭의 새 발자국처럼
왔다 갔다는 흔적만 남기는 당신

당신의 뜻을 따르겠습니다

이젠 진짜
사랑의 무게를
조금씩 덜어내도 되는 걸까요?

돌아앉아 서로 한 주먹씩
똑같이 덜어내야 하는 건가요?

덜어내는 사랑의 무게를 달
균형추는 어디 있나요?

당신의 속마음을 알고 싶어요
따르는 것 또한 사랑이라고 믿기에

나의 상사화는 아직 싱싱한데 붉은데

당신의 눈길은
한 뼘 오른 하늘을 향해 있네요

# 커피포트와 스뎅 주전자

휴일의 모닝커피는
막대 봉지 커피가 제격

흥얼흥얼
커피 한 잔 시켜놓고~

그런데
이놈의 전기 포트는 구멍 맞추기가 힘들어
옛날 스뎅 주전자는 올리고 돌리면
씩씩대며 바로 끓었는데
요란만 하지 끓는 것도 느리고 무겁기까지
덜그덕 / 덜그덕

휙 빼앗아
'이렇게' 하고 맞추고는 덧붙여
'당신도 그래' 픽 웃고 돌아서는 아내

허연 머리 반달은 슬슬 기우는데
꾀꼬리는 암 앞산, 수 뒷산서 사랑놀이 중

꾀꼬르 꾀꼬, 꾀꼬르 꾀꼬~
꾀꼬르 꾁.

애들아! 니들은 신혼이지?

# 바운스, 바운스

난 자네를 사랑하오
알긴 아요?

난 자네를 미워하오
알긴 아요?

그렇게 사랑과 미움을 버무려
그댈 만나기 전보다 더 오래
같이, 무던하게 살았소

지나가는 말로 그대도 그렇다고
마지못해 그렇다고 했지요

사랑의 자리를 정으로 채운다며
'당신도 그렇지? 괜찮아~' 했지요

아뇨, 아뇨
저만치 그대 모습 보이면
난 뱃가죽이, 찌릿
신호등이 바뀔 때까지, 찌릿찌릿

그대가 날 발견하고 웃어주면, 난
심장이 콩닥닥 콩닥

## 그때, 그랬으면

다시
버들가지에 봄물 들었으면

다시 너의 두 뺨에 연분홍 물들었으면
기쁨으로 일렁이는 눈을 볼 수 있었으면

초여름까지는 아니어도
연록 연록록 초록 어울린 개울 건넛산을
한나절 함께 바라보았으면

조금 더 욕심을 부려

담쟁이 넝쿨 무성할 때
네가 꽃이 되어 사진 한 장만 더 찍었으면

앞산에 갈물 들어
몇 가지 색인가 세다 잊고 세다 잊어
손가락 꼽으며 세고 또 세고, 둘이 함께
그렇게 가을이 깊어갔으면

밤새 쌓인 눈에
하얗게 변한 세상에 깜짝 놀라 나를 부르다
내가 떠났음을 알게 되었으면

그렇게 내가 먼저 가
네가 나를 기억하며 살았으면

그랬으면

# 단 한 사람을 위한 메모

달력의 마지막 장
24일 일정에 당신 이름이 쓰여 있습니다

한참을 꼼짝 안 하고 바라보다
같이 가고픈 데를 적어 둔 메모장을 엽니다

이 책 저 책에서, 기행 프로를 보다 입력해 둔
백화산 반야사, 만죽재-가을볕과 책, 영동 황간역
완주군 인덕마을, 예산의 백송, 삼척 베틀바위
청도 하평마을, 우뭇골, 산내면의 구절초…

근처 맛집도 적어뒀어요
'이칠 장날과 장날 하루 전날만 영업함'

메모마다 당신의 고른 웃음과
슬쩍 팔짱을 끼며 모른 척 딴 데를 보는
설렘 가득한 당신의 얼굴이 같이 남아 있습니다

당신 나이 정도를 연기하는 배우의 영화를 보던 새벽
낮은 신음으로 아픔을 감추는 당신 머리맡에 서 있다
문을 지그리고 나와 검색을 해서
'샬롯 램플링'이라고 입력한 메모도 있네요

'새벽에 영화를 봤는데 당신 닮은 배우가'라고 해서
당신 웃음 한 번 더 보려고 했나 봅니다

메모는 장을 넘어가는데
같이 간 곳도 '당신 참 예쁘다' 말한 기억도 없습니다

몇 해 전부터 거울을 볼 때마다
일 안 하게 될 때 시술받겠다던 기미가 짙어진 당신
그때가 됐네요

'잠깐 시간 내서 하지 그래'라고 한 건
먼 날일 것 같아 한 말인데, 이렇게 빨리 그날이 왔네요

문 잠그는 소리를 신호 삼아 일어나
옷장 대신 침대에 쌓여 있는 시들은 옷들을
물끄러미 바라보던 수많은 날, 일상이었던

'나처럼 입으면 옷 장사는 다 망할 거야' 그랬죠

장미꽃 한 송이 없이 지나간 결혼기념일에
'점심 꼭 챙겨 가세요' 하고
바랜 회보랏빛 어둠을 문틈에 끼워놓고 나가던 당신

입버릇처럼 '바다 한 번 보러 갔으면' 하더니
언제부턴가 바다를 접었죠

목포 은호네 수산-압해대교 밑, 선구마을 포구
섬들도 있네요. 기점도, 소악도, 통영의 두미도
까마득히 멀어진 티레니아 海의 푸른 파도

어릿섬 링게네스와 철새들의 군무 …

밝아오는 창밖을 보는 사이
메모장이 꺼지고 흐린 하늘이 이불을 들춥니다

달력에 쓰인 당신 이름도 흐릿해지고요

무슨 말로 위로를 해야 하나
축하해야 하는 건가? 고생했다고 해야 하나
이 생각 저 생각 끝에 할 말을 찾았습니다
그날만큼은, 마주 서서 해줄 말을 찾았어요

살면서 한 번도 하지 못한 말, 쑥스러웠던 말
그 말을 모두가 보는 앞에서 크게 세 번 외치렵니다

사랑해요! 사랑해요! 사랑합니다!

4부

사랑, 헤아리다

# 붉은 머리 순이

그녀를 붉은 머리로 기억하는 사내들이 몇몇 있지요
누군 미국 여자라 하고 누구는 러시아계라고 합니다

그녀의 다홍색 의자가
재활용 딱지 없이 몇 날 며칠 햇볕에 방치되고
그녀의 머리카락처럼 꺼칠한 붉은 색으로 변해갈 때
그들은 아무렇지 않게 지나다녔지만
나는 저만치 돌아서 다녔습니다

어디에 정착하려고 의자조차 치우지 않고 떠났을까?

투명 테이프를 이용해
의자 밑에 흰 머리카락 두 올을 붙여놓고 간 건
나에게 전하는 말일 겁니다

징이 필요 없는 춤을 출 거라고 하네요
이름을 바꾸고 염색도 하지 않을 테니 찾지 말라고요

그녀 대신 재활용 딱지를 사다 붙여야겠네요

그녀는 어디에 있던 불꽃처럼 타오르고 있을 겁니다
성형 부작용으로, 일찍 센 머리로, 잘난 몸뚱이로
국적과 나이 이름을 잃었지만
그녀의 이름은 순이입니다

난 그녀의 구두징을 갈아주던 구두장이고요

화려한 조명 아래서
징 박힌 빨간 구두를 신고
달뜬 표정으로 춤추는 모습을 다신 볼 수 없겠지만

순이는 여전히 마흔아홉
직업은 댄서일 겁니다

# 들꽃의 향기를 나는 모릅니다

길을 가다
이름 모를 꽃의 향기를 맡으셨다고요

그 꽃, 아마 시드는 중이었을 겁니다

들의 꽃들은 늘 피어 있기에
들꽃 하나하나의 향기는 모르지만
시드는 꽃의 향기가 짙다는 건 알죠

들에 꽃이 피면
쪼그려 가슴 저리도록 바라보는 이 있고
고개 숙여 향을 맡는 이, 매일이지만
무심코 지나치는 이들을 돌려세우는 건
시들 때 남기는 향이라고 들어서요

꽃은 시들며 이야기를 남긴다고 해서요

당신에게도 향이 있냐고 물으셨나요?
아뇨. 아직 모르겠어요

여전히 그대 바라보는 이 있고
기꺼이 숙여 향을 맡으려는 이 있는데
벌써 향을 물으시면 어떡해요

조금 더 시들어 물어보세요
내게 오세요

# 아주 오래된 이별

이틀 사흘
가랑비가 잦아질수록 헛손질이 늡니다

낙숫물 소리 관자놀이를 파고들고
산 넘어온 대종 소리에 가슴이 떨리고
비 때문입니다.

계절이 오갈 때마다
아주 오래된 이별이 문득문득 찾아와
종일 하늘을 불어 올리고
날 마침의 저녁상을 차리다가
왈칵 터지는 울음을 삼키려
목만 울럭거립니다
계절 탓입니다.

그리울 리 없는데, 없어라고 되뇌는 내가
자꾸 술잔을 채우는 가을비가
오늘따라 밉습니다

같이 울먹이는 구석방이 싫어
비 때문이라고 말해 줄 사람을 찾다가
늦은 비를 불러 두 잔을 채워달라 청하고
그리움을 그리움으로 받아들입니다

그 사람 이름 가만히 불러
그립다. 그립다고 합니다

# 아산병원 대숲

1.
대나무는 홀로서기에 서툴다
뿌리치고 오르며 꼿꼿한 척해도
바람이 훑고 간 속은 허전하다
하여, 머리 헝클고 뒷자리에 모여 산다


2.
세상은 아프고
점점 거대해지는 병원의 구석
대숲에 버려진 얇은 담배꽁초에
한숨이 빨갛게 남아있다

마디 마디에 숨겨야 했던
환자보다 더 아픈 이야기와 울음들을
되돌이 걸음으로 주섬주섬 모으다가
보듬는 햇빛조차 견디지 못해 끝이 타고
결 따라 갈라져 떨고 있는 댓잎에서
나를 만난다

강한 척, 혼자 아픈 척하며
온 신경세포를 파리하게 드러내고
가슴을 내준 이들을 입으로 베며 산

3.
겨울바람이 병원 뒤편 강둑에 올라서고
댓잎이 앞서 파르르 떨고

무리 지어 대숲을 지나며
제대로 날이 선 시퍼런 바람이
섞박지무 썰 듯 나를 썰고 지나간다

# 그리고 또 안녕

너의 볼에 입맞춤하고
살그머니 빠져나올 때
물주머니 같은 너의 투명한 발

커피포트 물 끓는 소리에
한쪽 입꼬리만 살짝 올라가는 너의 미소

나의 흰 린넨 셔츠를 걸치고
빛 속에 서 있는 넌 신기루

돌아서지 마
지난밤이 사라질지 몰라

그냥 그대로 커피잔을 손에 들고
고개 돌려 한 번 웃어주면 돼

고요한 입맞춤
얌전히 접어놓고 간 셔츠
망사 커튼에 알알이 박이는 빛
그래 여기까지

나는 다시 널 만나기 위해 깊은 잠으로

깨어서의 우리 만남은
매번 마지막이기에

암막을 치지 않은 배려에 감사하며
햇살 같은 너의 미소를 빌릴 거야

그리고 또 안녕

# 것

그리워한다는 건
사랑하고 있다는 것

많이 아프다는 건
사랑이 펄펄 끓고 있다는 것

오늘 잠 못 이루는 건
내일 꿀 꿈을 모으는 것

후에 돌아올 그때를 남기는 것

슬픔도 기쁨도
남겨야 하는 것 남는 것

그 모든 것이 아름다운 때라는 것

모든 사랑은 생각보다 오래 남고
그때가 그리울 때가
꼭 온다는 것

# 눈 내리는 밤

하얗게 하얗게

누구도
나보다 먼저 그녀를 보지 못하게
수줍은 그녀가 쌓이네요

오늘 밤만큼은
예전 모습 그대로 만나
처음부터 다시 시작하자고
한 줌 한 줌
순결의 옷을 쌓고 있어요

밤을 새우면
발가벗을 수 있을까요

처음 그대를 다시 만날 수 있을까요

눈 내리는 밤은
그대 오시는 날이어요
발가벗은 그대를 만나는 날이예요

하얗게 하얗게요

# 二十九日 마석역, 초승달 기울다

귀촉도 날았을까
역으로 숨어든 생쥐의 녹슨 비명

승무를 욀 것 같은 흰머리
멈칫 홀로 내리고

챙모자 눌러 쓴 여인의
무거운 하행(下行)

'마주하지 않는 얼굴' 전시회가
얼굴 하나 빼고 더해 멀어지고

텅 빈 회랑 넘어
초승달과 샛별이 멀어진 채 기운다

긴 사월

---

* 다산과 시인 조지훈을 기리다.

# 막걸리 마지막 잔

일렁이는 막잔은
꼬리 긴 별 가득한 우주

난 새끼손가락으로
우주를 돌리고 또 돌립니다

내 앞에 앉아있지 않은 이들이
크게 한번 웃어주고 돌아가고
밉상인 놈도 잠깐 예쁘게 오고
그래서 돌립니다

보고 싶은 사람이 있으면 초침처럼 빠르게
미워도 봐야 하면 시계 반대 방향으로
느리게

휘휘 저어 마시고 휘~ 저어 마시고

그리운 이들 가득해
차마 마시지 못한 마지막 잔을
돌리다 돌리다 두고 갑니다

# 님 아니 오시는 봄

버들가지에 봄물 드네
버들가지에 봄물 들었네

사랑이 사공 불렀다 하네
사랑이 강을 건넜다 하네

곧 오솔길 넘어 예 오시겠네

거기 그 자리 진달래 피네
거기 그 자리 진달래 피었네

사랑이 오던 그 자리
말간 진달래만 가득 피었네

님 양 볼 그 분홍
온 산 물들였네

# 봄 노을 지다

늘 그랬듯이
슬그미 가면 되지요
어째 봄 잃은 날 가슴에 들어
속속이 절이고 계시는지요

어느 날
그전 그 꽃집을 걸음 늦춰 지날 때
꽃보다 더 붉게 배어나면
어찌하라고요

임은 영영 아니 오실 텐데

꽃집 외등에 저녁 떠넘기고
기웃, 그냥 가시면

이 꽃은
또 어찌하라고요

# 달의 변명

1.
겨울 가득한데
다가가고 싶은 맘 왜 없을까
하여 말끔히 단장하고
밤 치르러 들어서는 조신 새색시 얼굴로
마을 어귀 동쪽 산을 넘는데
해는 양반댁 대문 능소화 타듯
서산에 걸터앉아 홀로 절정으로 치닫네

왜 빛을 받고 싶지 않을까?
후룩 타버린 능소화 흔적조차 없고
뒤따르는 어린 어둠은 아직 저만치

애써 동여매도 부푸는 가슴 달랠 길 없어
객처럼 왔다 가는 구름의 희롱에 몸 맡겨
어설피 하룻밤을 달래야 하네


2.
성가신 구름 떼어내고 산을 넘는데
꼬리 세우고 울부짖는 수컷 고라니

같잖아도 기특해 샐샐 웃음이 풀려도
똑바로 바라보긴 아직 좀 그래
구름 한 자락 살짝 끌어와
수줍게 얼굴을 가리네

3.
일식의 기억은 가물가물하고
말이 월식이지 눈 한 번 깜박할 시간

그래, 이젠 나를 감추지 않을래

예쁘게 눈썹을 그리고
모르는 별에게 눈웃음 흘리고
가슴 부푸는 날엔
내가 먼저 구름을 부를 테야

더는 변명 같은 건 하지 않을 거야

때론 뽀얗게 화장하고
낮 외출을 할 수도 있고
그동안 감춰두었던 뒤태도 보여주고
둘 사이를 벗어나 훨훨 날아다닐 거야
홀로

# WELCOME

예약은 없어요
난 늘 거기에 있으니 그냥 다녀가세요
가끔, 아주 가끔 오셔 흙발로 오르셔도 돼요
닦으면 되죠

나요?
그 식당 앞 파마머리요 빨간색으로 염색한
이름요? 됐네요. 그냥 오세요

진짜 오셨네요. 만날 운명이었나 봐요

누구에게나
발버둥 쳐도 벗어날 수 없는 운명이 있죠
원래 날 때 이마에 찍혀서 나오는데
울음이 터지는 찰나에 사라지죠

대개는 모르고 살다
돌아갈 때쯤 돼서야 찾으려 하지요
가끔은 핑곗거리가 되기도 하고요
아유~ 너무 고민하지 마세요
어차피 정해진 건데요 뭐, 당신이나 나나

이름요? 됐네요. 그냥 가세요

참~ 나 '웰컴'요. 메모 안 하셔도 되는데
예, 대문자요 W.E.L.C.O.M.E

# 구월 홍천강

마음이 시립니다

당신도 그러하신지요

헤어질 결심을 한 연인처럼

조금은 덜 뜨거운 입김을 남기고

청춘을 따라 도시로 간 여름은

다시 반소매 차림으로 가뿐 돌아오겠지만

낮은 다리 밑을 지나는 강물과

따라 굽이를 돌고 있는 저 바람은

돌아오지 않을 겁니다

하여 벌써 시립니다

시들해진 강을 바라보며

당신과 나의 지금은 어디쯤일까 헤아리면

더욱 그렇습니다

따라 시들해진 여치 찌르르 찌르르

야윈 발목에 매달려 웁니다

# 가슴 뒤편의 옛사랑을 꺼내지 못하는 이들을 위한

편의점 커피를 들고 외진 벤치에 앉아있을 때
허름한 포장마차에서 홀로 소주잔을 채울 때
딱 한 번만 더 나란히 앉고 싶은 사람
당신도 있지요

부슬비 내리는 종로의 뒷골목에서
노란 은행잎 수북이 쌓인 자하문 길에서
한 걸음 뒤처져 걷다가 가슴 찡해져 불렀던
그때 그 이름 기억하고요

어설퍼 너무 빨리 지나갔던
잘 맞지 않았는데 생각보다 오래 같이했던…

오래전에 떠난 사람이 이름을 불러 돌아보면
눈빛만 와 내내 떠나지 않는 그런 사람

낙엽을 적시는 가을비가 첫눈이었으면 하고
창밖을 내다보게 하는 그런 사람
당신도 있지요

흐린 날을 가슴에 안고 있다
칸 없는 노트를 꺼내 가슴 깊은 곳에 남아있는
그 사람 이름을 쓰고 또 씁니다

생각조차 없었는데
가만히 문을 열고 들어와서요

그때 그 목소리로 내 이름을 불러서요

그 사람 이름 가득한 노트를 덮기 전
마지막 줄에 날짜와 '고맙습니다!'라고 적어둡니다

내 잘못들로 먹먹해서요
이다음에 혹시 그걸 잊을까 두려워서요

얼핏, 당신을 부르는 목소리를 들으셨나요?
문이 열리는지 돌아보시나요?

먼저 문을 여세요.
그리고 그 사람 이름을 부르세요. 오늘

옛사랑은 늘 당신 곁에 있다는 거
언제든 불러 만날 수 있다는 거
당신도 알잖아요

여전히 '사랑'이란 낱말이 붙어
가슴 깊은 곳 거기 어디에 남아있다는 것
당신이 더 잘 알고 있죠

창밖 하늘 한 번 보고
그 이름을 부르세요. 지금

MEMO

# 5부

# 사랑, 이어받다

MEMO

# 카네이션

오월 밤의 불꽃입니다

당신의 굳은살을 찢어 피운 모닥불입니다

당신은 여전히 사랑을 빌겠죠

저는 용서를 빕니다

힘들 때만 한 조각씩 던지는 그리움으론

불씨조차 되지 못하고

연기처럼 스며드는 새벽을 뒤적이다가

다듬어 하나씩 하나씩 화병으로 옮기며

닿을 수 없는 안부 인사로

용서를 빕니다

어머니, 편히 계신지요

---

* 아들이 어버이날이라고 카네이션을 가져왔다

# 반달 어머니

어머니 거기 계신 거죠

울을 넘지 않는 반쪽 웃음
앙다문 울음조차 방문을 잠가야 하셨고
서울의 어스름 빛에 싸구려 분을 바르신 건
점점 검어지는 안색을 숨기려 하신 건데
철없이, 색시냐고 창피하다고 했고

늘 '고맙다 고맙다' 하셨는데
감사하단 한마디 말 끝내 드리지 못했죠

'큰 애는 언제 온대냐' 마지막 말씀
마른 잎의 이슬 같았었다는
눈물마저 말로 전해 들어야 했던 게
가슴에 멍울로 맺혀 있습니다

때 아닐 때 오셔
밝다 곱다 다 벗어 던지시고
시간을 벌지 못해 늘 안 계셔도
울다 돌아보면 당신 자리에 계셨던 어머니

자꾸 굴러떨어지는 삶을
자그만 몸으로 버티고 밀어 올리시면서도
자식들이 보내는
한두 줄기 희미한 빛마저 돌려보내시고
생의 반만 살다 가신 어머니

어머니와 제 나이를 넘긴 삭은 반달이
가을로 가는 하늘에 떠 있습니다

어머니, 거기 계실 거죠

# 어머니의 참빗

뜻 모르는 벼락에
금이 간 예물 경대 앞에서
창호 반 칸도 못 채운 어스름 빛 등지시고

열지 못하는 입 악물어
참빗으로 머리를 빗으시던 스물셋 엄마는
쇠죽 가마솥 솥뚜껑보다 더 무겁고
대충 쌓아놓은 싸릿단보다 엉킨
당신 삶을 빗으셨던 거구나

한 번 빗질에 친정을 빗어내고
두 번 빗질에 시댁을 빗어내고

가지런히
가지런히
삼십육배 의식을 마치시고

숨죽인 나를 불러 앉혀
누렁 고양이 하나 남은 새끼 핥듯이
가만가만 아비 빼닮은 곱슬머리 빗기시던
어머니

장롱 유품 보자기 속 참빗을 꺼내
엉긴 뒷머리 조심조심 내려 빗고
제자리로 모시다가

쪽 찐 머리 어머니 모습에
하루를 잃는다

# 이팝나무 꽃

조팝나무꽃이 피었습니다

길 가녘 설익은 보리밭 너머
가파른 선산 돌팍 둔덕을 따라
조팝나무꽃이 하얗게 피었습니다

어머니는 내게
이팝나무꽃이라고 알려주셨죠
(어머니는 이밥이 잡숫고 싶었나 봅니다)

사십 년 산소에 다니신 할머니도
'아이고~ 이팝꽃 봐라' 부끄러운 듯 웃으셨고요
(할머니의 이팝꽃은 늘 열여섯 살 적이었죠)

상에 메 여섯 그릇 나란히 올리고
하나하나 손 모아 열면
햇빛 아찔한 이밥
.
.
.

철쭉, 진달래, 산수유꽃
물오른 잔디마저 제 빛을 잃고

어머니의 이팝꽃만 하얗게
하얗게 피었습니다

116

# 아버지의 주름 (청명)


포기와 갈구 사이
부양의 삶과 세파가 할퀴고 간
물 빠진 갯벌 같은 얼굴

그 전엔 미움으로 모른 척
그 후론 여쭙는 자체가 아려
소주잔 맞대면서도 못 본 척

마지막일지도 모를
어머니 묘에 떼 입히던 날

입가에 번지는 미소의 의미를 읽다
햇빛이 자글자글한 주름을 따라 퍼져
속옷을 적시고 있음을
.
.
.


그 빛 모아 잔을 채우고
검버섯처럼 여기저기 뿌리 내린 그늘을
양손 가득 뜯어낸다

젊어진 아버지가
두 잔째 햇빛을 드시고

# 부엉이 되어 울다

뒷산 부엉이는 어떻게 울었던가?

아버지는 어둔 길을
어찌 그리 잘 다니셨을까

외갓집은 개울 건너 앞산 밑 응달에
우리 집은 우울한 뒷산 아래,
'ㅁ 자', 'ㄷ 자'로 지어, 그만큼씩 갇혔다

외가의 부름에
껑충한 아버지는 둘, 셋
가뿟 날 들어 올려 징검다릴 건넜고

촛농 쌓인 술상 아래 잠들어
외 발소리 깔고 넘어올 때

다릿돌들은 달빛에 부풀었고
아버지의 등은 그 합보다 넓었다

외할아버지와는 무슨 말씀이 있었을까?

그 밤,
부엉이는 따라오며 울었다

지금도 부엉이가 된 엄마가 살아
밤이면 진짜 '우엉~ 우엉~' 하고 울까

젊은 아버지 홀 울음이었을까?

난, 어둑 하늘을 날아
나의 숲으로 울러 간다

# 어푸어푸

옥수수 뻥튀기 대신
책가방 크기 쌀과자와 감자칩 한 봉지
동그란 크림빵 하나를 덤으로 더해
'노세, 노세'를 흥얼흥얼

술김에 과일 트럭 아줌마와 농치다
벌겋게 취한 사과 대여섯 개 골라
어렴풋, 찍듯이 걷던 아버지를 따라 하다

아버지 얼굴색 신호등에 걸려
때아닌 눈물이, 울음이 끓어 넘치려 해
크림빵 반 잘라 우걱우걱 틀어막는다

길을 만들어 돌며 '젊어서 놀아 젊어서 놀아'
구석 벤치에 누워 '늙어지면 못 노나니'를
벌떡 일어나 처음부터, 몸짓 더해 덩실
'화무는 십일홍'이 웃음이 될 때까지, 더덩실
되풀이, 되풀이한다

쓸데없이 현관문 두드려 기다려보고
어험, 방마다 한 번씩 열어보고

세면대 가득 물을 받아
난링구* 앞자락이 흠뻑 젖어 늘어지도록
어푸어푸 아버지 흉내

벌건 눈 허옇게 될 때까지, 어푸
'노세! 노세!'가 안 들릴 때까지, 어푸

한 번 더 거울에 비춰보고
어푸어푸

---

* 난닝구: 러닝셔츠

# 돌림자

밑으로, 밑으로 내려갈수록
허름해지는 이력서 한 번 더 확인하고
이름만 한자로 변환시켜, 저장

　柳　然　宇
000821-1000005
불친절해진 플라스틱 민증을 꺼내
숫자와 외워지지 않는 도로명 주소를
한 자 한 자 대조한다

내게서 끊긴 돌림자 연(然)
입 흉내로 빼고 부르고, 넣고 부르다

복도로 난 창문을 걸어 잠그고

크게 크게, 점점 더 크게
울음을 넣어 소리 소리쳐
'저 미친놈'의 아버지를 모셔온다

'相' 자를 돌림자로 쓰시던 '允相 씨'
그제가 기일

# 소나무와 황소

어?
잘생긴 조선소나무들이 지나갑니다

튼실한 형과 암팡진 동생 둘, 세 그루가
지난겨울만큼 긴 트럭 두 대에 실려
벚나무 아래를 지나갑니다

멀미할 만큼 멀리 가는 건 아니겠지

아슬아슬 과속방지턱을 넘던 소나무와 눈이 마주치고
'괜찮아요' 동생들이 어렵게 손을 흔들고 멀어집니다

아스팔트에 아찔한 봄이 채워집니다

겨우내 새벽같이 쇠죽 쒀 나눠주고
몽당 싸리비로 등 긁어주며 키운 황소 두 마리 실어내며
'에이 저놈의 살구꽃' 하시던 아버지

화사한 봄을 탓하던 아버지의 굽은 등과
자꾸 뒤돌아보던 황소의 눈이
소나무의 밑동과 커다란 옹이가 되어
구불구불 벚꽃 고갯길을 넘어갑니다

'에이 저놈의 벚꽃'

# 류가네 호떡집

천 원짜리 여섯 장 들고
'류가네 호떡집'으로 간다

비, 진눈깨비 오가고 늘어선 줄
서너 봉지씩 사 가는 사람들

그냥 갈까?
다섯 번째 아재 여섯 번째 아줌마도
힐끗힐끗 뒤를 돌아본다

따라 뒤돌아보니
줄 끝에 밀짚모자를 쓴 아버지가 서 계시다

재빨리 세 장을 더하고 돌아보니
아버지가 안 계시다.

천둥소리, 급행열차가 머리 위로 지나가고

주춤주춤 줄에서 떠밀려 나와
장 여기저기를 두리번두리번 오가며
아버지와의 흔적을 찾아다니다가
마지막 국밥집에서 막걸리를 시킨다

막걸리 한 주전자에 흔들리는 빗소리

놀 새 없던 아버지의 노래
'노랫가락 차차차'를 장터에 깔아놓고
터덜터덜 발길을 돌린다

'노세, 노세 젊어서 놀아'가
자꾸 뒷덜미를 잡고

# 들국화

여름 먹구름 저며
햇빛에 씻어 말리고

틈 틈마다 눈물 발라
한 겹 한 겹 더하고

따가운 햇볕은
미소로 맞이하고
막무가내 바람
토닥여 되돌려 보내고
이슬 받아
재고 익히느라 속 졸이다

첫서리 내린 후
만 겹의 순백 풀어헤쳐
짧은 늦가을 하늘로
청아한 향기 올린다

누이야
좀 더 일찍
봄, 여름에 피어도 되는데

―――――
\* 동생 연희에게

126

# 콩나물과 할머니의 달

어둠 속 어둠 검정 보자기
다가가 살그머니 들추면

긴장한 새내기들이
호기심에 일제히 고개를 쳐들고

늘 어둠만이 수군대던 방에
뭉텅, 달이 자리했다

낯설어진 방
빽빽한 숲을 헤매다
아삭, 뜨듯한 국물 생각에
살짝 비린 미소로 달을 재우고
조심, 문을 지그린다

달이 오른다
고향 가는 길 하늘에
덩실, 보름달이 오르고 있다

집, 집터마저 사라진 지 오래고
살림 도맡았던 할머니 언제인데

꽉 찬 콩나물시루 닮은 달이
둥실 넘치고 있다

# 고향의 겨울 그리고 어머니

눈을 쏟아붓던 이틀은 벌써 잊은 듯
색종이를 오려 붙인 것처럼 파란 하늘

쌓인 눈 위에 찍듯이
통째로 내리꽂히는 시퍼런 햇빛과
나가는 길과 마을을 지운 새하얀 빛

나흘 내내 깨나지 않는 마을을 안고
걱정스럽게 내려보고 있는 노고산*

나가면 돌아오는 사람 없는 고향
하얀 보를 뒤집어쓴 지붕과 밭, 정적

건너편 숯산* 아래서
파리한 빛과 정적을 두르고 앉아
잣나무 숲을 지나는 바람 소리에
옹벽에 기대앉는 그림자를 바라보며
지난 세월을 가슴에 새긴다

후회하고 부끄러워하며, 내내

매

어머니, 언제부터셨는지요
'애야, 거기서 잠들면 안 된다'
'울지마라 애비야'

벽에 박혀
더는 오르지 못하는 그림자가
꿀럭, 엄마와 어머니를 삼킨다

* 노고산. 숫산:  홍천 서면 모곡리의 산

# 종이비행기

바람에 매달려 떠도는
헛것

돌아갈 모항(母港) 없이
세상에 던져진, 난

나는
종이비행기

뜻대로
내릴 곳조차 정할 수 없는

# 고드름

뒷간 처마 끝에
대롱대롱 고깔 햇빛

장난꾸러기 요술쟁이는
늘 한밤중에 다닌대요

그제 밤엔
하얀 눈을 잔뜩 지붕에 올려놓았고요

오늘은
큰 애 작은 애 고루 섞어 매달고
반짝반짝 햇빛을 담아 놓았어요

큰 애는 마음 여려 벌써 눈물 흘리고요
작은 앤 물구나무하고도
생글생글 웃고 있어요

어쩜,
세어보니 여덟 개
우리 반 애들 숫자랑 똑같아요

엄마~
얘들 좀 봐요

# 아이 키우기

가슴 먹먹이 먼저 옵니다

두 초보가
두 아이의 손을 잡고
포장 안 된 길을 걸어왔습니다

비는 쉼 없이 내리고
아이들 걸음은 빨라지는데
우리 둘의 다리에 달린 모래주머니는
점점 무게를 더하고

이 길이 바른길인가?
저 길로 가야 했던 건 아닌가?

눈길에서 미끄러지고, 자빠지고
빗길에서 넘어져 발목이 부러지기도 하고
돌아보면 더 크게 다칠뻔한 일도 부지기수

아이들은 아이들의 길을 가고 있습니다

우리는 평상에 앉아
말없이 단풍이 지는 걸 바라봅니다

곧, 겨울이 올 테고
앙상한 가지만 남은 나무를 바라보겠죠

다음 봄은 아이들이 몫입니다

믿고 왔고 믿어도 먹먹한 마음은
돌아갈 수 없기 때문만은 아닙니다
.
.
.
딱 봐도 초보인 엄마 아빠가
아이의 손을 잡고 길을 건너갑니다

누가 먼저랄 것도 없이
우린 서로를 마주 봅니다

두 아이와 함께 걸어온 길이
출렁다리처럼 주르륵 둘 사이에 놓입니다

# 다른 꿈 다른 길

맑은 날은
비를 모으는 거란다

두꺼운 구름 없이는 긴 노을을 볼 수 없고
장대비 지나면 먼 산이 보인다는 것도
너흰 이미 알고 있지

하늘에 해만 있는 건 아니다
구름, 달 그리고 헤아릴 수 없을 만큼
수없이 많은 별이 있지
지구인 모두가 하나씩 갖고도 남을 만큼

너희의 별, 별이 이끄는 길을 찾아라

길을 따르는 이 있으면 손잡아 주고
가다가다 아니면? 다른 길로 가면 되지

길이 많아지면 많아질수록
다른 이들을 만나는 길
서로에게 가는 지름길이 생기니까

가다 돌아보면 제자리일 때도 있지
짐을 내려놓고 잠시 쉬면 돼. 괜찮아

때가 되면
너흰 다시 짐을 꾸려 길을 갈 것이고
다시 새로운 길이 열릴 거야

너희가 있음에, 너희이기에.

---
* 민규, 승규 두 아들에게

MEMO

# 6부

# 그럼에도 부끄럽다

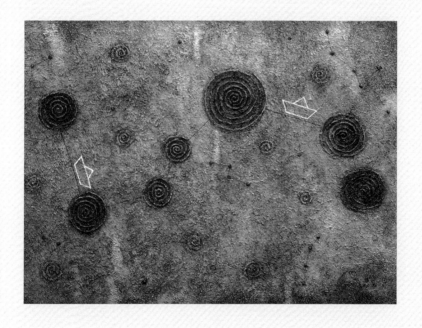

MEMO

# 별을 그리는 화가의 단가(短歌)

북은 명(命)이요
대금은 날 없는 묵검(墨劍)*

지그시
이 산 당기고
저 산은 밀고
빗소리에 탁음 얹어 밤은 깊어

한 잔 술에 잡은 북채 박자를 놓치고
갈대 속살 미어져 날이 삐져나와도
북채 붓 삼아
하늘에 한 획 길게 긋고

천상열차분야지도 속
흐릿한 별자리와 주고받는 염화미소
앉은 자리서 천 리를 오간다

던지는 듯 지르는 세월에 갈잎 져

담 넘어 북한강
물색 서늘하고

--------

* 묵검은 高手의 검이다.
** 친구 찬식 화백을 위해

# 오 간호사의 귀가

다 포기해야 해
고립된 이 행성을 떠나야 살 수 있어

헬멧과 우주복을 벗어 던지고
끝이 안 보이는 복도를 빠른 걸음으로 지날 때
문을 밀치고 뛰쳐나오는 기침 소리
틈 사이로 살려달라는 손짓

엉겁결에 덜컥 맞잡은 손, 희미한 맥박
살려야 한다
살려야 한다

세끼를 챙겼는지, 잠을 묻는 건 사치고
말없이 건네는 물 한 잔이 서로에 대한 위로
유리 벽 너머 보호자의 옷에서도
계절을 보지 못했다

'오 선생, 집에 한 번 다녀오시죠'

물어뜯어야 했던 손톱을 자르며
그제야 아이들 손톱 생각에 초조해졌고
집이 가까워질수록
자꾸 허공을 딛고 걸음이 꼬인다

문이 활짝 열리고
부쩍 자란 아이들이 나란히
삐뚤삐뚤 그린 상장을 들고 울음을 참고 있다

'손톱 좀 보자'라고 해야 하는데
웃으며 꼭 안아주리라 수없이 다짐했었는데
상장의 이름에서 왈칵, 울음이 먼저 터졌다.

이름: 엄마

# 고금도의 겨울

워-매 바람 부네, 바람이 부네
머시 보고 자파, 쩌-리 징하게 오시능가 모르것소 잉
탁탁, 톡, 탁탁, 톡

바다가 일렁이면
생각 따로 손 따로 차마 돌아보지 못하고

딱 한 번만, 딱 한 번만
칠 년째 입 모양으로 삼키는 주문
슬쩍, 고개 돌려 묻은 굴 껍데기 닦는 척

'아따 그래 눈물이 많아 부면 바다도 넘쳐 불것소'

그제 새벽
남몰래 선창에 나갔다 돌아온 동서 말 타박에
'그라제. 해도 착하긴 했제'
쑥스런 동의를 구하는 해남댁

성님! 동서의 고갯짓
오리걸음으로 마을회관 다녀오신 시어머니
앞치마 탁 털어 걸치며 '측간 댕겨오니라'

고금도의 겨울은 변비약과 진통제가 상비약

약 없는 가슴 속 울혈은
굴 껍데기 더미에 묻어두고 서로 모른 척

탁탁, 툭. 탁탁, 툭. 탁탁 툭.

객지 자식들 이름 불경 삼아, 왼 종일
딱 탁 딱 툭, 딱 탁 딱 툭.

홀몸 된 며느리들 얼릉 떠나라고
딱 타탁 툭, 딱 타탁 툭.

# 영등포 강남식당

눅눅한 영등포의 종이 골목
세로로 틈을 비집은 '강남식당'엔
왁자한 백반 손님들

노동이 밴 건강한 웃음으로
된장국 더 있어?

빈 그릇에 '맛있네, 맛있네'를 담아 건네면
채운 국그릇 높이 들고 와
두툼한 웃음으로 건네주는 아들

우렁된장찌개엔 빗소리를 담아 온다

여든은 되셨을 불편한 걸음의 어머니께
카드가 죄스러워 현금으로 드리니
허리 숙여 '잘 쓰겠습니다'

당황해 인사도 제대로 못 받고
문손잡이를 잡고 머뭇머뭇하다가
'나갑니다'에 밀려 나와

들어갈 때 미처 보지 못한
출입문의 알림 손글씨를 네댓 번 읽고
된장국과 92년을 포장해 왔다

'92년 3월 9일 우리 식당이 문을 연 날입니다
저희 어머니께서 직접 담근 김치와 된장으로
모시고 있습니다'

# 공장, 목요일

산비둘기 울고요

벌써 네 시간 째
움직일 수 없는 검은색 동그란 의자는
엉덩이보다 작은 게 확실합니다

바닥에서 올라온 녹색 손이 발목을 붙잡고
머리, 몸통, 팔다리가 분리된 인형이
순서대로 실려 옵니다

나도 쟤들처럼 어깨를 뺄 수 있으면
어깨와 손을 번갈아 뜨거운 물에 담가둘 텐데

종이 울립니다
복대를 풀고 국에 말은 밥을 후룩 마신 후
처방전 없이 산 진통제를 먹어야 합니다

거들먹거리고 제 방에서 나와
차려준 밥상을 받아 처먹는 저 놈팽이는
두어 시간 더 뒹굴뒹굴하다가
느님이 준 바코드를 마빡에 붙이고 나갈 겁니다

녹색 모자의 개가 이빨을 드러내고 웃으면
시계 없이도 세 시 반이란 걸 압니다

기껏 목요일입니다

특근 공고는 내일이나 돼야 게시판에 붙을 거고
애들과의 약속이 벌써 몇 번째인가 꼽다가
손가락이 바스러지길 빕니다

산비둘기 꾸꾸 꾸꾸
목놓아 웁니다.

# 마석 장의 두 유모차

아이는 장이 궁금해 궁둥이를 달싹여 밀고
엄마는 달래던 유모차를 류가네 호떡집에 줄 세웠다

할머니 꾀죄한 유모차엔
애호박 두 개, 시금치 한 단, 녹두나물 한 봉지

장 구석에 나란히 앉아 쉬다
왜? 눈웃음으로 되묻는 할머니의 쪼그만 얼굴
도랑물에 씻어 말린 갓 나온 호두 같고
낼이 영감 제사라… 혼잣말에 묻어나는 무뎌진 미움

황소의 내장 같은 긴 통로를
줄지어 나드는 색색의 사람들과
장을 키우는 기름진 연기와 들큼한 막걸리 향이
엿장수의 구성진 노래와 엿판에 실려 휘도는
설 지난 3, 8일 마석 장

흐름을 늦추던 두 유모차가
적당히 모른 척 비껴간다

아기 유모차엔 뭇 미소와 칭찬이 넘치게 담겨
잘 잘 잘 잘~ 구경 다니고

할멈 유모차는 쌓이는 눈치와 염려가 무거워
반 접힌 할머니 손잡고
들들 턱 / 들들 턱
장터 뒤편 행복빌라로 간다

---

* 이석영 문예창작제 시 부문 대상 수상작

148

# 시인의 부고

문화면 귀퉁이에
시인의 부고 '알콜 중독'

보편이 떠안긴 두통을 달고 산 시인을
술병에 우겨넣고* 알량한 칸으로 알린다

왜 그래야 했는지

그의 시를 찾아
인공 암벽 오르듯 읽는다

그토록 늙기를 원했던 바람
빨간 립스틱보다 진한 두통

이 손 저 손 거쳐
지하철 입구 화장실에 버려진

하루살이 일보에 실린 부고. 억울하다

남의 얼굴로
부고도 없이
오늘도 먼지 뽀얀 검은 화면에 갇혀 있는
너는 누구냐

---

* 우겨넣고: 욱여넣고의 비표준어

# 7월 27일, 섭씨 40도 모란공원

열기에 치받혀 부예진 하늘
매미의 울음조차 짧아지는 맹렬

방지턱을 넘듯
덜컹대는 가슴을 검은 넥타이로 묶고
하늘로 가는 길 표지판을 따라가는 길

빨간색 오토바이가
노란 바구니를 달고 우다다다 달려간다.

새 한 마리 날지 않는 하늘
몽유병을 깨우는 붉은 신호등

거친 붓질의 초록색 바다
이름 하나 더해져 무겁게 가라앉는 공원

침묵의 섬들

이제 누구에게
참과 위선에 대해 들을 수 있을까?

제 빛을 잃은 하늘의 멍청한 침묵

현수막에 남은 수줍은 웃음 여전한데
어깨 툭 칠 그는 어디에도 없다.

나비라도 서너 마리 날아다녔으면
오토바이라도 마구 헤집고 돌아다녔으면

네 시의 치 떨리는 고요

장난치듯 마지막으로 현수막을 크게 한 번 흔들고
그는 돌아갔다.

# 배는 떠오르지 않았다

미역 줄기처럼 걸려있는 후줄근한 옷가지
소라처럼 말려 구석으로 숨어든 양말들
뻘*에 박힌 듯 틀어진 채 버티는 먹빛 장롱
침묵, 누군가 강압하고 있는 듯한

여긴 어디지? 왜 자꾸 가라앉지?

몇 날 며칠 깨어있는 뉴스에 잠을 빼앗긴 방이
제자리를 찾아 돌아눕는 짧은 신음

깊게 숨을 들이켜 내가 깨었음을 확인한다.

파동 없는 방, 바닥의 무늬를 조금씩
아주 조금씩 키우며 들어서는 햇빛
부유물처럼 떠도는 먼지마저 생명이 되는

T.V 리모컨으로 음을 살리고
이리저리 채널을 바꾼다.

'틀렸다' '아직은'이 뒤섞이고
사나흘 전과 판박이처럼 닮은 화면

먹먹 바다, 바람에 흔들리는 부표. 그뿐

변해야 했음에도 변한 건 아무것도 없다.

모두의 기도에도
배는 스스로 떠오르지 않았다.

바닷바람이 귓속에서 엉엉 울고
다시, 방이 바닷속으로 가라앉는다.

---

* 뻘- '개흙'의 방언(전남, 경남)

# 사월 바다

햄버거 좋아하는
맏아들 주려고
아침마다 줄 서서
받아 가는 아버지
바다에 던져주려다 무릎 먼저 꺾이고

예쁘게 단장하면
외동딸 돌아올까
젖은 천막 주저주저
들어 올린 어머니
예쁘게… 말 못 마치고 눈물만 주르륵

---

* 팽목항의 엄마 아빠를 기록해 둔다

154

# 너의 자리

꽃 진 자리에 드는 햇빛은 초라하다.

다시 필 거라 믿어 찾아가 자릴 지켜도

너무 아파 비켜 맴돌아도

초라하다. 헐겁다

# 이 명

태초의 별에서
첫 번째 생을 마치고 이 별에 건너와 사는
당신만 들을 수 있는 주파수가 다른 신호음

보일 듯 말 듯 저기 그 별에서
당신을 그리워하는 이가 띄워 보내는 안부 인사

간혹, 파도 소리 바람 소리가 들리는 건
당신이 좋아했던 곳을 애타게 그리워할까 봐
일일이 찾아다니며 채집해 띄워 보낸 ASMR
어쩌다 주파수가 맞은

그대 사랑하는 사람을 두고 왔다면
무뚝무뚝 그가 부르는 소리를 듣는다면

그가 좋아할 곳으로 가 그의 이름을
함께하고픈 곳을 찾아가 보고 싶다고 그립다고
그리고 잘 지내냐고 물으세요

파도 소리 바람 소리 담아
끝이 없는, 끊을 수 없는 부름으로

오늘은 이명으로 전해지겠지만
머지않아 주파수가 같아지는 날이, 꼭
올 테니까요

# 친구의 장례식에 갔다

지독하게 흐린 하늘
한 사람이 맞바람 부는 언덕을 제자리걸음인 듯 갑니다
낡은 중절모 벗겨질까 한 손으로 꾹 누르고

막대 달린 빨간 풍선이 그 사람 발밑을 스쳐 도로를 건넜고
작년에 죽은 물고기 떼 같은 낙엽들이 물결 없이 맴도는 걸
난, 까닭 없이 오래 지켜봅니다

차도 여기저기에 박힌 고양이 눈은
망가진 시계처럼 분침과 초침만 있고 시침이 없습니다

쓸데없이 묶어 치르는 사흘 중 이틀째
어깨와 중절모만 남을 때쯤 그가 돌아섭니다

이틀의 시간을 분으로, 초로 환산해
그가 마지막으로 우리와 머문 시간의 단위를 늘리려다
굴러오는 중절모를 집어 허예진 머리를 감춥니다

그가 돌아가며 던진 질문이 모자에 가득합니다

모자를 쓴 김에 내 장례식에 올 친구들을 묻는데
눈을 뜬 고양이가 나를 한껏 째려봅니다

나는 내리막길을 달리듯 갈 겁니다.
꼭 맞는 모자를 쓰고 망설임 없이 냅다 뛰어가렵니다
하루 만에

잊으려 애쓰는 사람들을 위해, 더 빨리 잊히기 위해

# 파란 장미의 사막

1.
오늘이 그날입니다.
사막 너머에서 물파랑색 거인이 몸을 일으키고
화석이 되었던 파도가 휘파람으로 깨어나는 순간
일렁이는 저기 파란 장미 한 송이가 피어납니다

모래알마다 하나씩 박힌 태양이
모든 색을 태워 초고온의 백색 세상을 만들고
바람은 끝 모를 모래 장벽을 세워
단절을 강제하는 한낮
파란 장미 홀로
모래바람과 작열하는 빛을 받아내며
타는 사막을 꼿꼿이 지키고 있습니다


2.
푸르름이 지나친 하늘의 끝에서
분홍 고래들이 천천히 올라와 빛을 삼키고
타는 사막에 검푸른 바다를 뿌리고 지나갑니다

'여기는 우리의 바다였어'

고래들이 지나간 자리에 억만 겹의 어둠이 쌓이고
사막도 하늘도 아닌 태초의 존재 부존의 세상은
모두에게 침묵을 강요합니다

극 두려움의 순간
고래의 똥에서 부화한 생명의 기원이
하늘을 가득 채우고
앞장섰던 별들은 긴 꼬리로
내일의 길을 알려주고 갑니다

'사막은 잠드는 곳이에요'
'사막은 잠드는 곳이에요'
읊조림에 빨려 들어가는 잠은 죽음보다 달콤합니다


3.
'죽을 만큼 행복하다, 죽을 만큼 행복하다'*

붉은 드레스의 여신이
파리 강변에서 부른 노래가
섬광처럼 두 개의 바다를 건너와
장미의 정수리에 벼락같이 꽂히면
죽음의 잠에서 돌아온 이들이
떼 춤을 추며 환희의 노래를 부르고
파란 꽃잎이 하늘을 가득가득 채웁니다

하늘님!
율과 말은 달라도 들으셨죠? 그들의 춤도 보셨죠?

난 그들을 위해

매일매일 사하라에 와 기쁨을 노래합니다
매일매일 센강의 물을 사하라에 바칩니다

파란 꽃잎은
나의 노래와 내 붉은 피로 피운 꽃입니다!


4.
내가 멈출 곳은 어딘가요?
나의 별을 떠날 때 던진 질문이 파도가 되어 밀려오고
고동, 빗살무늬 조개, 불가사리와 성게를 깔아놓고
답은 거기서 찾으라며 되돌아갑니다.

난, 굳은 화석에 다시 구멍을 뚫어
장미의 심장과 붉게 물든 손톱을 함께 묻고
표식 없는 깃발을 세워 다시 올 백 년을 준비합니다

열 손가락을 깨물어
내 붉은 피로 장미의 심장을 적시며
목이 터져라 부활의 노래를 부릅니다

'이러면 되는 거죠? 이러면 돌아올 수 있는 거죠?'

하늘을 건너가던 분홍 고래가
고개 돌려 빙긋 웃고 갑니다

---

* 파리–다카르 랠리 참가자들과 대회 중 영면에 들어 부활을 꿈꾸는 이들을 위해

# 겨울나기

겨울은 혼자라야 한다

찬 기운이 정수리에서 이마
코끝을 지나 입술을 터트리고
두 팔로 싸안은 가슴에 파고들어
시린 설움을 남겨도

겨울엔 홀로 서야 한다

미약한 온기끼리 기대면
깡 얼음보다 더 날카로운 냉기가
겨우 간직해온 온기마저 앗고
서로에게 치명상을 남기니

겨울엔 홀로 가야 한다

버적대는 무릎과
서로 닿는 것조차 진저리치는
차디찬 열 개의 발가락을 달래며
햇빛마저 파란 끝없는 눈길을

견디면 봄은 온다

그래야
봄이 왔음을 온몸으로 안다

# 아이에게 물었다

아이가 오후를 메고 지나간다

철든 표정에 비해 덜 자란 키
멀어질수록 커지는 가방
뒷모습까지 우등생이 분명한데
발자국 대신
영어와 수학, 과학이
투덜대며 길바닥에 눌어붙고
바이올린이 비명을 지르며 따라간다
커다란 가방이
역 안으로 사라질 때까지 지켜보다가
물었다

'아이야 네가 하고픈 게 뭐니?'

MEMO

# 분홍 장미의 날

아침에 진 꽃들을 모아 우려내
사연이 모이는 서쪽에 뿌린 건
선한 눈의 당신을 위한 배려입니다

그대 서 있는 곳에서
잠시 걸터앉아 나를 바라보세요

오늘은 분홍 장미의 날입니다

곱게 걸러 끝자락에 두신 까닭은
그대 쉬어도 된다는 내일도 오겠다는
임의 뜻이고 약속이고요

천천히 바라보세요
꼭 집어 답을 드리지는 않지만
위안이 될 수는 있을 거예요

아니, 처음부터 없는 답일 수도 있고
이미 당신이 알고 있을 수도 있어요

당신이 가는 길 믿으셔도 됩니다
믿고 가는 게 답입니다

어때요, 의문이 좀 풀리셨나요?

당신의 답이 옳다면
내일은 노란 장미의 날일 겁니다

분홍 노을, 노랑 노을 모두
믿는 당신을 응원할 겁니다

# 알로에와 치자나무

아내가 알로에를 얻어 왔어요. 잎을 잘라 진액을 바르면 피부가 맑고 하얘진다네요. 지금도 충분히 하얀데요. 근데 이 알로에 운이 좋았어요. 빈 화분에 옮겨 심고 검색해보니, 이건 그런 품종이 아니라고 하네요. 아내가 한참을 이리저리 보더니, 발코니에 뒀다가 나중에 날 풀리면 아파트 화단에 심어주자 하네요. '에이 기집애' 한마디 덧붙이고요.

봄이 실린 비가 내리는 날, 발코니 청소를 하려는데, 까맣게 잊고 있던 알로에가 누렇게 돼서 얼어 죽은 것 같아 가위로 자르려는데, 어? 버티네요. 더 놀라운 건, 햇빛이 닿는 쪽에 손가락 반만 한 크기의 알로에 새끼가 빼쪽 얼굴을 내밀고 있는데, 녹색에 하얀 점이 또렷한 게 귀엽고, 철이 없어 그런지 날 보고 생글생글 웃고 있어요.

우리 집에 온 게 언젠지, 물을 준 적도 없는데 아직 살아있고, 어쩌면 죽기 전에 새끼를 남기려고 한 것 같아 잠시 망설이다가, 자르는 대신 새끼를 위해 물을 흠뻑 주니, 햇빛도 힘을 더하려는지 한 발 더 들어오네요. 물 주는 김에 거실서 커 나태해진 치자 분도 옆에 나란히 앉히고 같이 물을 줬어요. 나란히 놓으니 둘다 좀 어색해하는 것 같아요. 서로 눈을 마주치질 않네요.

 며칠 후, 꽃샘추위로 날이 추워진다는 예보에 치자분을 데리러 나갔는데, 이럴 수가! 누렇던 알로에 잎의 밑부분이 녹색으로 변했고, 점박이 꼬맹이가 좀 컸다고 고개를 쑥 내밀고 집 나갈 기회를 엿보고 있었어요. 한참을 바라보다 돌아서려는데, 어? 치자나무 가지와 알로에의 넓적한 손이 닿을 듯 말 듯, 손가락 반 마디 정도 가까워진 것 같아요. 아니 정말 가까워졌어요. 눈을 씻고 다시 봐도 가까워진 게 확실해요.

 '여보! 여보 소라야!' 아내를 불러 '이것 좀 봐봐' 하니 화분 말고, 멀뚱하게 나를 쳐다보다가 '추워요. 문 닫고 들어오세요' 이런 말투는 주로 어이없을 때 쓴다는 거죠. 한마디 더 듣기 전에 '같이 잘 견뎌라'라고 해주고, 타일 줄로 다시 간격을 확인하는데, 비죽비죽, 자꾸 웃음이 삐져나와요.

 요즘 세상에, 서로에게 다가가는 생명이 우리 집 발코니에 살고 있어요.

 돌아보고 돌아봐도 고마워, 거실 창에 얼굴을 대고 자꾸 쳐다보다가 '그만하시지' 한마디 들었네요. 그래도 알로에 모자가 대견하고, 텃세 안 부리고 받아준 치자나무의 마음, 참 예쁘네요.

늙어 꽃을 피우진 못해도 오늘따라 의젓하고요. 막 발코니로 들어서던 햇볕도 분위기를 아는지 따뜻하게 웃어주고요.

    그래요. 저만치 봄, 어김없이.

마석에서 류 연 우